VENTE

AUX ENCHÈRES PUBLIQUES

D'UN

RICHE MOBILIER

Garnissant l'Hôtel de M. E. B.

A NANTERRE

15, route de Cherbourg, 15

Près la station de la Boule de Nanterre, tramway de Paris-Place de l'Étoile à Saint-Germain

Les Samedi 14, Dimanche 15 et Lundi 16 Octobre 1893

A UNE HEURE UN QUART

———~~~~~———

EXPOSITION

Les Jeudi 12 et Vendredi 13 Octobre 1893

———~~~~~———

Par le ministère de	Assisté de
Mᵉ E. GAUTRON	M. B. LASQUIN
GREFFIER DE PAIX	EXPERT
A Courbevoie	Rue Laffitte, 12, à Paris

IMPRIMERIE MAULDE et RENOU

A. MAULDE & Cie

IMPRIMEURS DE LA COMPAGNIE DES COMMISSAIRES-PRISEURS

Rue de Rivoli, 144

CATALOGUE

D'UN

RICHE MOBILIER

Garnissant l'Hôtel de M. E. B.

A NANTERRE, route de Cherbourg, 15

Beau Salon de style Régence en bois doré
Salle à manger Renaissance en noyer sculpté, Chambres à coucher
en noyer ciré et érable
Boudoir en marqueterie d'ivoire, Atelier de style gothique
Salle de billard. Meubles anglais et de fantaisie
Piano droit, Orgue de Debain

BRONZES D'ART ET D'AMEUBLEMENT

De Barbedienne, Carrier-Belleuse, Barye fils, etc.

Émaux cloisonnés, Objets d'étagère. Ivoires japonais

TAPISSERIES ANCIENNES

DES XVIᵉ ET XVIIᵉ SIÈCLES

Belles Tentures, Tapis d'Orient

TABLEAUX, GRAVURES, LIVRES

Meubles de cuisine et de jardin, Vaisselle, Cuisine, etc.

Yole à un rameur « Petite Judic »

DONT LA VENTE AURA LIEU

Pour cause de départ de M. E. B.

A NANTERRE

15, route de Cherbourg, 15

Près la station de la Boule de Nanterre, tramway de Paris-Place de l'Étoile à Saint-Germain

Les Samedi 14, Dimanche 15 et Lundi 16 Octobre 1893

A UNE HEURE UN QUART

Par le ministère de Mᵉ E. GAUTRON, Greffier de Paix,
à Courbevoie
Assisté de M. B. LASQUIN, Expert, rue Laffitte, 12, à Paris

CHEZ LESQUELS SE TROUVE LE PRÉSENT CATALOGUE

EXPOSITION

Les Jeudi 12 et Vendredi 13 Octobre 1893

(Voir au verso les moyens de transport)

CONDITIONS DE LA VENTE

Elle sera faite expressément au comptant.

Les Acquéreurs paieront DIX POUR CENT en sus des prix d'adjudication.

L'Exposition mettant le Public à même de se rendre compte des Objets, il ne sera admis aucune réclamation, l'adjudication prononcée.

MOYENS DE TRANSPORT

DE PARIS ET DE SAINT-GERMAIN

Tramway de Paris-Place-de-l'Etoile à Saint-Germain,
Station de la Boule, de Nanterre.

Ligne de Paris-Gare-Saint-Lazare à Saint-Germain,
Station de Nanterre
et *vice versâ.*

DE VERSAILLES

Ligne de Versailles à Paris.
Station de Puteaux, correspondance avec le tramway de
Saint-Germain au Rond-point des Bergères, à l'heure 45 minutes

Le Rond-point des Bergères est à 300 mètres de la station
de Puteaux.

A. MAULDE et Cie, imprimeurs de la Compagnie des Commissaires-Priseurs,
rue de Rivoli, 144.   800—36613

DÉSIGNATION

—

ANTICHAMBRE

1 — Porte-Manteau de style gothique en noyer sculpté et à fond de glace.

2 — Buffet Louis XIV, à deux corps, le haut vitré, le bas à portes pleines, en chêne sculpté à ornements rocaille.

3 — Deux Tabourets garnis de tapisserie.

4 — Grande Tapisserie ancienne d'Aubusson (formant portière d'escalier), représentant des oiseaux dans un paysage avec kiosques et monuments en ruines.

5 — Petite Portière en ancienne tapisserie d'Aubusson, à sujet de verdure et oiseau.

6 — Portière double en ancienne tapisserie d'Aubusson, paysage encadré d'une bordure d'ornements.

7 — Lanterne style Louis XIV, en ferronnerie artistique.

PETIT SALON D'ATTENTE

8 — Tapisserie de l'époque de Henri IV représentant un sujet de chasse dans un parc, à nombreuses petites figures.

9-11 — Trois Panneaux en tapisserie ancienne, à paysage et figures; l'un encadré d'une bordure.

12 — Deux Portières en tapisserie verdure d'Aubusson entouré de velours de lin marron, avec lambrequins à guirlandes de fleurs.

r3 — Glace à bordure en bois sculpté.

14 — Pendule Louis XIV en marqueterie de cuivre et d'écaille et ornée de bronzes dorés.

15 — Deux Girandoles empire à trois lumières, en cuivre doré.

16 — Tablette de cheminée, avec lambrequin en tapisserie ancienne.

17 — Galerie de foyer, pelles, pincettes, etc.

18 — Petit Buffet Louis XIV en chêne sculpté, à dessin de marbre.

19 — Buffet-crédence à deux corps, en chêne sculpté.

20 — Banquette-coffre à dossier et accotoirs en bois sculpté de style Renaissance, avec coussin en tapisserie ancienne.

21 — Table genre Louis XIII.

22 — Deux Fauteuils en bois sculpté, à têtes de sphinx, garnis de velours frappé.

23 — Miroir de style Louis XIII.

24 — Jardinière oblongue en bronze du Japon.

25 — Deux petits Fûts de colonnes en marbre.

26 — Petite Lampe ancienne en cuivre.

27 — Petit Lustre à quatre becs, au gaz.

28 — Rideaux de fenêtre avec lambrequin à draperie en satinette bleue.

SALLE A MANGER

29 — Bel Ameublement de style Renaissance en noyer sculpté, à mascarons et motifs d'ornements, composé d'un Buffet à deux corps et à crédence, une Table carrée à rallonges, un Dressoir et huit Chaises garnies de tapisserie imitation.

30 — Petit Meuble-vitrine genre Henri II, en noyer sculpté, à colonettes et à galerie.

31 — Meuble à deux corps, le haut vitré et à fronton, de style Henri II en noyer finement sculpté, à médaillons de figures allégoriques en bas-relief, ornements, pilastres et colonnes à chapiteaux.

32 — Orgue en bois noir de *Debain*.

33 — Crédence à deux corps, le haut à étagère, en noyer sculpté.

34 — Petite Table-liseuse en bois découpé genre chinois et à dessus de marbre.

35 — Table genre Louis XIII en noyer.

36 — Table à thé.

37-38 — Deux Tables garnies d'étoffe.

39 — Tapisserie de l'époque Louis XIII, représentant deux figures dans un parterre avec fontaine. Large bordure à groupes de fruits, perroquets et draperies.

40 — Deux paires de Rideaux formant portière en tapisserie ancienne et velours de lin marron.

41 — Deux Garnitures de fenêtres à draperies en étoffe brochée rouge.

42 — Double Garniture de baie en velours rouge soutaché et brodé.

43 — Tapis de table en satin rouge brodé.

44 — Borne-Grâce en broderie ancienne et Store en soie rouge.

45 — Borne à quatre places en étoffe vert-olive, capitonnée, avec torsades en velours.

46 — Deux grands Fauteuils style Louis XIII en noyer garnis de velours de style.

47 — Une Chaise-chauffeuse en panne rouge et broderie.

48 — Une Chaise-coussin.

49-52 — Six Chaises diverses de style Renaissance, en bois sculpté et étoffes.

53 — Petite Banquette avec coussin garni d'étoffe ancienne.

54 — Cabinet Louis XIII en bois noir incrusté de nacre.

55 — Groupe en bronze de BARBEDIENNE, d'après COYSEVOX : *Flore et l'Amour*; socle en marbre griotte.

56 — Deux Lampes en porcelaine de Canton garnies de bronze.

57 — Écran de cheminée de style Louis XV, en bois sculpté avec feuille en soie brodée.

58 — Petite Vitrine garnie d'étoffe.

59 — Deux Consoles d'applique en bois sculpté.

60-66 — Statuette en terre cuite, Vases en porcelaine et en faïence décorée, Coupes, Jardinières, etc.

67 — Assiettes en faïence ancienne.

68 — Suspension-lustre avec lampe et douze bougies, en bronze.

69 — Petit lustre à huit lumières en fer forgé.

70 — Lampadaire de style grec en bronze nickelé, élevé sur un trépied avec sphinx ailé et supportant un vase à neuf porte-bougies.

71 — Deux Girandoles style Louis XV, à quatre lumières, en bronze argenté.

72 — Deux Bras-Appliques à cinq lumières en bronze.

73 — Porcelaine et Verrerie.

74 — Porcelaines de Saxe.

75-78 — Tableaux.

79 — Tapis rouge uni.

80 — Grand Tapis persan.

81 — Carpette orientale.

81 *bis* — Un Paravent à six feuilles gainées en étoffe de de fantaisie. **Style Louis XVI.**

SALON

82 — Deux riches Garnitures de fenêtres en peluche et satin brodé, avec galeries en bois doré et lambrequins drapés.

83 — Deux Portières en satin rouge, avec lambrequins drapés en lampas.

84 — Panneau en imitation de tapisserie ancienne d'Aubusson, à paysage, fleurs et oiseaux, encadré d'une bordure.

85 — Tenture composée de cinq panneaux en imitation de tapisserie Louis XIV, à sujets de chasse.

86 — Riche Meuble de salon de style Régence, en bois sculpté et doré, garni de lampas à fleurs. Il est composé d'un petit Canapé, deux Fauteuils, deux Chaises garnies et quatre chaises légères.

87 — Deux Consoles de style Louis XV, en bois sculpté et doré.

88 — Chaise en bois doré, garnie de point de Hongrie.

89 — Meuble d'entre-deux en marqueterie de bois, orné de bronzes et à dessus de marbre.

90 — Petit Fauteuil bas de style Louis XV.

91 — Fauteuil crapaud garni de soie bleue et velours.

92 — Table de salon en marqueterie de bois, ornée de bronzes.

93 — Vitrine de forme contournée de style Louis XV, garnie de bronzes.

94 — **Piano** droit, en bois noir gravé, de *Pape Neveu*.

94 *bis* — Dessus de piano en peluche mousse avec applications de broderies anciennes.

95 — Casier à musique.

96 — Jolie Gaine en marbre blanc et marbre griotte, ornée de bronzes dorés, de style Louis XVI.

97 — Groupe en bronze : *Triumphator*, de RANCOULET.

98 — Deux grandes Lampes en forme de vases ovoïdes, sur socles carrés, en bronze.

99 — Deux Vases-brûle-parfum en émail cloisonné de Chine, avec pieds, anses et couvercles en bronze.

100 — Galerie de foyer, genre Renaissance, en cuivre.

101 — Pare-Étincelles, genre rocaille, en bronze doré.

102 — Lustre de Style Louis XVI, à trente lumières.

103 — Paravent à trois feuilles dont deux avec glaces.

104 — Deux Potiches en porcelaine craquelée jaune, avec leurs supports en bois noir.

105 — Deux Consoles-Appliques de style Louis XIV, en bois doré.

106 — Deux Vases balustres en émail cloisonné du Japon, fond bleu clair.

107 — Lampe en poterie japonaise.

108 — Deux petits Miroirs à bordures dorées, de style Louis XV.

109-113 — Vases divers en porcelaine décorée.

114 — Groupe en faïence de Lorraine : *Le Savetier*.

115 — Tapis persan couvrant le salon.

116-126 — Collection d'environ vingt Pièces en ivoire japonais, Figurines et Netzukés très finement sculptés.

127 — Deux Girandoles Louis XVI à deux lumières, en bronze argenté.

128 — Petite Chaise à porteurs garnie d'étoffe et formant vitrine.

129 — Jardinière en bois de rose.

130 — Deux Appliques à cinq lumières, en cuivre.

131 — Deux Vases ovoïdes en poterie japonaise émaillée en couleurs.

132 — Deux Fûts en marbre.

132 *bis* — Un Vase faïence haricot, monture bronze fumé frotté d'or.

ESCALIER

133 — Tapis chemin de l'escalier en moquette.

134 — Deux Rideaux de fenêtre et deux portières de style oriental.

135-137 — Tableaux de l'Ecole flamande.

Premier Etage.

PREMIÈRE CHAMBRE A COUCHER

138 — Bel Ameublement en noyer sculpté avec galeries de balustres, composé : d'un grand Lit de milieu, une Armoire à glace, une Table de nuit.

139 — Table en noyer à entrejambes à balustres en noyer.

140 — Petite Commode Louis XIV à quatre tiroirs en bois marqueté avec cannelures de cuivre et à dessins de marbre.

141 — Petite Crédence en bois noir relevée de dorures. Le corps supérieur forme vitrine.

142 — Une Chaise longue capitonnée garnie d'étoffe brochée genre Louis XV.

143-146 — Cinq Chaises diverses de fantaisie.

147 — Petit Paravent à trois feuilles, en bambou et verre peint à fleurs.

148 — Écran en bois gravé garni de velours soutaché.

149 — Miroir ovale à bordure dorée.

150 — Deux Garnitures de fenêtres, Tenture du lit et deux Portières en brocatelle jaune.

151 — Fauteuil crapaud garni de même étoffe.

152 — Tapis couvrant la chambre à coucher en moquette bleue.

153 — Garniture de cheminée en marbre noir et bronze composée d'une pendule surmontée d'un groupe de trois figures d'après CARRIER-BELLEUSE et de deux candélabres à six lumières.

154 — Tablette de cheminée en soie brodée du Japon.

155-158 — Tableaux de genre, fleurs et paysages.

159 — Deux Candélabres en bronze doré.

CABINET DE TOILETTE

160 — Toilette garnie de marbre blanc.

161-164 — Bureau, Toilette, quatre Chaises et une étagère en bambou, laque et natte style japonais.

165 — Miroir ovale à bordure dorée.

166 — Rideaux de fenêtre et portière.

167 — Carpette à dessin oriental.

BOUDOIR

168-171 — Ameublement en bois noir avec incrusta-
tions d'ivoire, composé : d'un Meuble-Vitrine, une
Table-Bureau, un Bahut d'entre-deux et une Encoi-
gnure à étagère.

172 — Canapé-Divan garni de soie unie brochée et de
torsades en velours vert.

173 — Deux Fauteuils en velours rouge soutaché de
broderies.

174 — Quatre Chaises de fantaisie.

175 — Un Guéridon-nécessaire de fumeur.

176 — Une Lanterne en ferronnerie artistique.

177-178 — Deux Miroirs médaillons.

179-180 — Deux Girandoles et deux Appliques garnies
de cristaux.

181 — Pendule genre Louis XV et deux Candélabres à figures d'enfants, en bronze doré.

182 — Galerie de foyer.

183-184 — Rideaux de fenêtre et deux Portières en brocatelle et étoffe de fantaisie.

185 — Tapis en moquette bleue.

186-190 — Objets d'étagère.

ATELIER

191 — Meuble Louis XIII à quatre portes et deux tiroirs, en bois mouluré.

192 — Crédence de style gothique, en chêne, sculpté à ogives.

193 — Cabinet et son support, en bois d'ébène inscrusté de filets d'ivoire.

194 — Beau Meuble à dressoir, de style gothique, richement sculpté, à figures, colonnettes et ornements ogivaux.

195 — Buffet ancien, en bois de chêne, sculpté et mouluré.

196 — Coffret Louis XIII, bombé, plaqué de ferrures.

197 — Écran de style Louis XVI, en bois noir et or, avec feuille en soie brodée.

198 — Devant de cheminée en tapisserie.

199 — Table de style gothique.

200 — Dix Chaises de style gothique, garnies de velours vert ciselé.

201 — Autre Chaise, de même style, garnie de cuir.

202 — Deux Tabourets en noyer.

203 — Divan et Coussins garnis de cachemir et de brocatelle.

204 — Pendule et deux Vases en bronze et marbre noir.

205 — Deux Flambleaux d'église en cuivre.

206 — Deux Lampes montées sur des supports à pieds triangulaires en bois doré.

207 — Une Lampe-soleil.

208 — Une Statuette de Guerrier japonais en bois laqué.

209-210 — Trois Vases arabes et un Flacon persan en cuivre gravé.

211 — Cheval en bronze, de BARYE fils.

212 — Chevalet à tableaux.

213-217 — Cinq Tableaux anciens.

218-221 — Quatre Carpettes orientales.

222 — Un Tapis en moquette bleue.

DEUXIÈME CHAMBRE A COUCHER

223 — Ameublement en érable et amarante, Lit, Armoire à glace et Table de nuit.

224 — Deux Chaises garnies d'étoffe.

225 — Rideaux de lit, deux Portières et Garniture de fenêtre en satin imprimé à fleurs.

226 — Tapis en moquette.

227 — Toilette en pitchpin.

228 — Plusieurs Descentes de lit en peau de chèvre.

TROISIÈME CHAMBRE A COUCHER

229 — Lit, Commode. Toilette, Psyché-Toilette, Table de nuit en noyer.

230 — Miroir.

Deuxième étage.

231-234 — **Cabinet de travail** en chêne sculpté : Bureau, Bibliothèque, Cartonnier, trois Chaises, un Fauteuil de bureau.

SALLE DE BILLARD

DANS LE JARDIN

235 — Billard en palissandre avec ses accessoires.

236 — Crédence de style Renaissance en bois sculpté et cuivre repoussé.

237 — Jardinière en bois noir et verni. genre Martin.

238 — Guéridon en bronze.

239 — Quatre Chaises chinoises en bois laqué rouge et porcelaine.

240-242 — Deux Appliques. Plats en cuivre. Objets divers.

243 — Gravures, Tableaux.

244 — Tapis en moquette rouge.

245 — **Yole As.** *Petite Judic*, avec dossier pour barreur, et ses agrès.

Lingerie.

Chambres de domestiques.

Literie.

Meubles de jardin.

Cuisine.

LIVRES

Environ 300 volumes reliés et brochés. Éditions sur papier de Chine et du Japon.

V. Hugo. *N.-D. de Paris*, 1844, riche reliure avec *ex libris* de Mme la Vicomtesse de Bonnemain. — Prince Napoléon. — Mezeray. — Molière. — Bergerat. — Racine. — Delaborde. — Chénier. — Le Tasse. — Romans, voyages, ouvrages philosophiques, etc.

Plaquettes avec aquarelles de Bligny.

Manuscrits.